LES CHARMES

DE

LA RETRAITE.

LES CHARMES

DE

LA RETRAITE.

Par M. CLÉMENT.

M. DCC. LXXVIII.

On trouve chez le même Libraire,
la SATIRE SUR LA FAUSSE PHILOSOPHIE, & les
autres Poéſies du même Auteur.

LES CHARMES

DE

LA RETRAITE.

Que l'homme en vains defirs fe-tourmente & s'égare !
Que , pour fuir fon repos , il prend un foin bizarre !
Si pourtant vous prêtez l'oreille à fes difcours ,
Les veilles , les travaux qui confument fes jours ,
Pour des biens incertains fes fatigues certaines ,
Ses craintes , fes ennuis & fes plus rudes peines
Ne tendent qu'à hâter le jour fi defiré
Qu'il pourra , riche enfin , vivre en paix , à fon gré.
  Mais , quand viendra ce jour , où nous l'entendrons dire :
Enfin repofons-nous ; ce bien nous peut fuffire ?
Non , non , rien ne fuffit aux vœux du cœur humain
Altéré par l'ivreffe & par la foif du gain.
Tel bornoit fes defirs à vaincre la mifere ,
Qu'un ample fuperflu ne fauroit fatisfaire.

A 3.

Eſt-on riche? on envie un ſort plus opulent;
L'ardeur d'accumuler croît en accumulant.
Du repos ſouhaité jamais l'inſtant n'arrive;
Image toujours chère, & toujours fugitive!
C'eſt un poſte d'honneur où l'on doit parvenir,
Des graces qu'à la Cour on eſpère obtenir;
On attend qu'un bon vent ramene, vers la France,
Un Navire chargé d'une riche eſpérance;
On veut, tendre héritier d'un Oncle précieux,
Avoir eu la douceur de lui fermer les yeux.
Mais, tandis qu'à jouir on diffère ſans ceſſe,
L'âge avançant toujours amène la vieilleſſe;
L'inexorable Mort, qui rit de vos délais,
Vous ſurprend au milieu de vos vaſtes projets;
Elle commande; il faut tout quitter pour la ſuivre:
Vous mourez, ſans avoir trouvé le tems de vivre;
Sans avoir pu goûter le véritable bien,
Le repos, loin de qui les autres ne ſont rien.

Oui, je rends grace au Ciel qui me regarda naître;
Mon cœur de ſes deſirs a ſu ſe rendre maître:
Des faux biens que pourſuit l'avide ambition,
Jeune encor, j'ai connu la folle illuſion:
Riche de peu, ſans ſoins, & l'ame ſatisfaite,
J'ai trouvé le bonheur dans mon humble retraite.

C'eft-là, qu'en des vallons de Pomone chéris,
Non loin des murs bruyans du fuperbe Paris,
Dans un calme profond, folitaire & tranquille
J'oublie & le tumulte & l'ennui de la Ville.
Je ne regrette point tout ce pompeux fracas,
Ces plaifirs fi vantés dont on eft fitôt las,
Ces feftins fomptueux d'où la joie eft bannie,
Ces cercles où l'on bâille en bonne compagnie,
Où, d'un ton important & fous un air de Cour,
L'Ennui vient débiter les nouvelles du jour.

Que m'importe en effet, qu'en fon aveugle audace,
Un Miniftre, frappé des traits de la difgrace,
Faffe, au bruit de fa chûte, enfuir tous fes flatteurs;
Que nos Grands, fecondés des Avocats menteurs,
Viènnent, devant Thémis trop crédule au parjure,
Du Public moins facile affrontant le murmure,
Fruftrer par un ferment l'importun Créancier,
Et fe perdre d'honneur aux yeux du monde entier;
Que nos Nymphes d'amour, par le gain échauffées,
Des biens de nos Seigneurs relevent leurs trophées;
Que nos Auteurs, fi fiers de leurs petits talens,
Amufent le Public, au moins à leurs dépens!
Oh, qu'à ces vains objets une ame eft peu fenfible
Qui fait goûter des champs le fpectacle paifible!

A 4

Par-tout, dans ces vallons, à mes yeux enchantés ;
La Nature fourit & m'offre fes beautés ;
Et par-tout le travail, fecondant la Nature,
Etale les tréfors d'une riche culture.
Ici Flore & Vertumne, & Pomone, & Palès
S'uniffent de concert pour égayer Cérès.
Ces côteaux couronnés des plus rians bocages ;
Ces champs couverts de fruits, de verdure & d'ombrages,
De ces humides prés le frais délicieux,
Tout me charme, m'attire & m'arrête en ces lieux.
C'eft ici qu'au repos j'ai confacré ma vie ;
Ici ma liberté fait mon unique envie.
Mes jours purs & fereins m'amenent des plaifirs
Qui ne coûtent ni foins, ni honteux repentirs.
Souvent, aux doux rayons du jour qui vient d'éclore,
Je vais, à fon reveil, faire ma cour à Flore ;
J'aime à voir s'élever, près des tendres jafmins,
Le Lys fier de fa tige, & Roi dans nos jardins ;
Et, parmi les buiffons où la Rofe eft femée,
Refpirer du zéphir l'haleine parfumée.
Quelquefois, en montant de côteaux en côteaux,
Je vois fe déployer des bois, des champs nouveaux ;
L'œil ne peut embraffer leur immenfe étendue :
Au milieu du tableau, Paris n'offre à ma vue,

Dans l'espace riant de ce libre horison ,
Qu'un triste amas de murs , une vaste prison.
Quand le Ciel plus ardent me fait désirer l'ombre ,
Au lieu le plus profond d'un vallon frais & sombre ,
Où les Nymphes des eaux ont choisi leur séjour ,
Je brave , en son midi , l'astre brûlant du jour.
Mille oiseaux , attirés sous ces ombres secrètes ,
Viennent , de leurs concerts , réjouir ces retraites ,
Et remplir tous mes sens d'un doux ravissement :
Mais , quel est mon regret , dans un lieu si charmant ,
D'entendre murmurer ces Naïades plaintives ,
Contre un Tyran jaloux qui les retient captives ,
Emprisonne leur course en d'avares canaux ,
Et fait languir ces prés amoureux de leurs eaux !
   O séjour enchanteur , aimable solitude ,
Quels charmes vous prêtez aux douceurs de l'étude !
Que ma Muse , à Paris , si lente à m'inspirer ,
Avec moi , dans ces lieux , est prompte à s'égarer !
Mais déjà , de ces prés le séjour pacifique
Calme , de jour en jour , mon aigreur satirique ;
Ce Censeur , si fâcheux à tant de sots esprits ,
En ne les lisant plus , pardonne à leurs écrits ;
Et , quoiqu'un vain orgueil soit l'ame d'un Poëte ,
Tout ce qu'on dit de moi n'a rien qui m'inquiéte.

La Harpe impunément peut fur moi fe venger
Des mépris du Public ardent à l'outrager ;
Et ce léger Dorat, fi gai dans fes injures,
Me traiter de ferpent, fans craindre mes morfures.
Autrefois, j'aurois fu, d'un vers affez malin,
A leur fenfible orgueil laiffer un long chagrin :
Aujourd'hui, fans humeur, j'endure leurs outrages.
Qu'on vante hardiment d'impertinens ouvrages,
Et que le faux efprit, né d'un goût diffolu,
Dans fon Louvre orgueilleux regne en maître abfolu ;
Je ne fens plus en moi cette critique audace
Qui brûloit d'immoler ce Tyran du Parnaffe :
Mon efprit, qui fe plaît dans un fage repos,
Renonce au vain honneur d'être l'effroi des fots.
De plus dignes objets occupent mes penfées.
Aux routes du bonheur que je me fuis tracées,
Par d'utiles leçons fidellement conduit,
J'entretiens la clarté du flambeau qui me luit.
Dans les fources du vrai ma raifon abreuvée,
Et des folles erreurs, avec foin, préfervée,
Me dit que le bonheur, par-tout fi defiré,
N'habite qu'en un cœur paifible & modéré ;
Qu'il n'eft pour les humains de félicité pure,
Qu'en vivant fous les loix de la fimple Nature ;

Que les defirs fans frein, & ces avides foins
Qui ne font qu'irriter la foif des faux befoins ,
Tous ces biens fuperflus, qu'on croit le bien fuprême,
Font plus de malheureux que la pauvreté même.
C'eft à régler mon ame enfin que je m'inftrui ,
Et je mets à profit jufqu'aux défauts d'autrui.

   Voudrois-tu reffembler, me dis-je, à l'homme avide
Que tu vois enrichi d'une ufure fordide ?
Un beau jour, la campagne eût pour lui des attraits.
Soudain, de fon argent fécond en intérêts,
Raffemblant, en un tas, les fommes difperfées,
Il acquiert, à vil prix, des terres délaiffées ;
Mais bientôt, dégoûté d'un féjour innocent,
Et du repos ingrat où dormoit fon argent,
Il vend tout, & laiffant prés, bois, champs, & culture,
Court, fûr de bons effets, prêter à triple ufure.

   Serois-tu plus heureux, de changer ton deftin
Avec ce Parvenu fi fot & fi hautain,
Qu'un ennui faftueux conftamment accompagne,
Et qui traîne avec lui la Ville à la Campagne ?
Son orgueil vient aux champs habiter des Palais.
En vain, pour s'étourdir, il raffemble, à grands frais,
Des Chanteurs, des Bouffons la bruyante cohue.
Toujours le même ennui le confume & le tue.

Le Bonheur ne veut point tant de fafte & de bruit :
Mais il vient fréquenter mon modefte réduit ;
Il vient, accompagné du Repos, du Silence,
De la Simplicité, la fœur de l'Innocence ;
Ils aiment à me voir, corrigeant mes erreurs,
Former fur la nature & mon goût & mes mœurs,
Toujours plein de loifir, & m'occupant fans ceffe,
Et des fleurs du Parnaffe égayant la fageffe.

Ainfi, libre & content dans mon obfcurité,
Je bénis tous les jours ma médiocrité,
Qui chaffe des fâcheux l'ennuyeufe vifite,
L'importun difcoureur, l'effronté parafite.
Heureux mon humble toit, quand j'y puis recevoir
Des amis qui, preffés du défir de me voir,
Ne viennent point railler ma table un peu ruftique,
Ni toucher, d'une dent dédaigneufe & critique,
A quelque mets vulgaire à la hâte apprêté !
L'amitié fait accueil à la frugalité.
Mes convives charmés, fous un berceau champêtre,
Se contentent des mets que ces champs ont fait naître,
De légumes légers fouvent redemandés,
Et de fruits qu'à ma main les arbres ont cédés :
Mais cependant Bacchus, père de la Franchife,
Pour échauffer la Joie à nos côtés affife,

Nous verſe abondamment ces vins, qu'avec amour
Il recueille aux côteaux où j'ai reçu le jour. (*)

Là nous ne parlons point des nouvelles ſecrètes,
Qu'un Miniſtre jamais ne confie aux gazettes,
Et nous ne craignons pas que de traîtres valets
Vendent au délateur nos propos indiſcrets.
Nous ne diſcourons point de procès, d'héritages,
Des ſpectacles du jour, des modernes ouvrages;
Si Dorat, pour nous plaire, écrit trop, ou trop mal;
Ou ſi le beau Veſtris danſe mieux qu'Auberval.
Nous ſemons nos repas d'entretiens moins ſtériles,
Nous aimons à chercher des vérités utiles:
Si l'amitié de l'ame eſt un pur ſentiment,
Ou ſi notre intérêt nous entraîne en aimant;
Si le ſouverain bien, que promet la richeſſe,
Ne ſe trouve en effet qu'en la ſeule ſageſſe,
Et ſi, pour l'homme enfin, il eſt quelque bonheur,
Sans l'amour des vertus, & ſans la paix du cœur.
Quelquefois, du vrai beau cherchant la ſource pure,
Nous voyons qu'elle coule au ſein de la Nature,
Qu'en fuyant ſon génie & ſa naïveté,
Croyant tout embellir, l'eſprit a tout gâté.

(*) La Côte de Bourgogne.

Nôtre ame, en ces difcours, & s'éleve, & s'éclaire.

Sages amufemens, vous feuls pouvez me plaire !

Tels feront mes plaifirs, dans cet heureux féjour,

Tant que l'Aftre enflammé fera luire un beau jour.

Quand l'Aquilon fougueux, defcendant des montagnes,

Viendra de leurs attraits dépouiller les campagnes,

Contre l'Hiver armé de fes froids les plus durs,

Paris me prêtera l'abri de fes hauts murs.

Combien le tourbillon & le bruit de la Ville

Me feront défirer la paix de cet afyle !

Auffi, de fes douceurs plus que jamais épris,

Il n'eft lien fi fort qui m'attache à Paris,

Sitôt qu'à fon retour, la première Hirondelle

Vient effleurer nos champs où Zéphyr la rappelle.

F I N.

www.ingramcontent.com/pod-product-compliance
Lightning Source LLC
Chambersburg PA
CBHW061447170626
46811CB00005B/2409